*****

* * * *

* * * *

* * * *

* * * *

* * * * *

* * * *

* * * *

* * * *

* * * * *

* * * * *

* * * * *

* * * * *

*****

* * * * *

* * * * *

* * * * *

* * * * *

*****

* * * * *

* * * * *

* * * * *

* * * * *

* * * * *

* * * * *

* * * *

* * * * *

* * * * *

* * * * *

* * * * *

* * * *

* * * * *

* * * * *

****

* * * *

* * * * *

* * * *

***

****

* * * * *

* * * *

* * * *

* * * *

****

* * * * *

* * * *

****

* * * *

* * * *

* * * *

* * * *

* * * *

* * * *

* * * *

****

* * * *

* * * *

* * * *

****

* * * *

****

* * * *

****

* * * *

* * * *

****

* * * *

****

* * * *

****

* * * *

****

****

* * * * *

* * * *

* * * *

****

* * * *

* * * * *

* * * *

* * * * *

* * * *

* * * * *

* * * *

****

* * * *

*****

* * * * *

*****

* * * * *

*****

* * * * *

* * * *

*****

* * * * *

* * * * *

* * * * *

* * * *

* * * *

* * * * *

* * * * *

* * * *

* * * *

* * * *

* * * *

*****

* * * * *

* * * * *

* * * *

* * * *

* * * *

*****

* * * * *

* * * * *

* * * * *

* * * * *

* * * *

* * * * *

****

*****

* * * * *

* * * *

* * * * *

* * * *

* * * *

****

* * * *

* * * *

****

****

****

* * * *

* * * * *

* * * *

* * * * *

* * * * *

****

* * * *

* * * * *

****

* * * * *

****

* * * * *

* * * * *

* * * * *

*****

****

* * * *

Made in the USA
San Bernardino, CA
24 October 2017